静 物

袁叙田　著

本书获得深圳市龙华区文化事业发展专项经费扶持

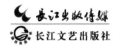

长江文艺出版社

图书在版编目（CIP）数据

静物 / 袁叙田著.-- 武汉：长江文艺出版社，
2023.10
　　ISBN 978-7-5702-3275-8

　　Ⅰ. ①静… Ⅱ. ①袁… Ⅲ. ①诗集－中国－当代
Ⅳ. ①I227

中国国家版本馆 CIP 数据核字（2023）第 139357 号

静物
JING WU

责任编辑：谈　骁　　　　　　　责任校对：毛季慧

装帧设计：苏笑嫣　　　　　　　责任印制：邱　莉　　王光兴

出版　**长江出版传媒**　**长江文艺出版社**

地址：武汉市雄楚大街 268 号　　　　邮编：430070

发行：长江文艺出版社

http://www.cjlap.com

印刷：湖北恒泰印务有限公司

开本：880 毫米×1230 毫米　　　1/32　　　印张：5.625

版次：2023 年 10 月第 1 版　　　　2023 年 10 月第 1 次印刷

行数：2673 行

定价：49.00 元

从清澈、浑浊奔向深蓝

——序袁叙田诗集《静物》

李晃

地处湘西南的隆回二中有个闻名全国的文学社，以先哲魏源的字号"默深"命名。隆回盛产黄金，也盛产黄金一样高贵的诗歌和水稻一样挺拔的诗人，其中尤以"默深文学社"为盛。我曾是默深文学社的一员，因诗与这些校园才子结缘。袁叙田在校时，担任过这个文学社的社长，因创作成绩突出受到校园内外读者的关注。

叙田第一本诗集《静物》即将出版，交付出版社前就约我为之作序。与其说《静物》收录的是诗，还不如说是收藏了叙田的秘密、故事、孤独与漂泊痛感。一个真正用心生活与爱的人，他的生命质感都会在文字里一一呈现。叙田的诗作都很短，却有着深刻的意味。在这些诗的分行里，分明隐藏着他的真诚与坦白，他用诗交出了一份热爱生活又时刻不忘与生活保持适当距离的答卷。

诗歌是诗人与世界的相遇，读诗则是阅读者与诗人的心灵交流。今夜，不妨通过潜藏于诗人文字中的情感，去探索诗人秘密的内心世界。叙田的诗歌创作都是有感而发，有情而抒，这些作品记录了诗人至真、至善、至美的心灵情感波动的声音，以及他对真善美的理想和情愫的执着追求。通读《静物》可以发现，叙田是个善感的歌者。作为一个远离故乡的人，哪怕是美好的四月，只因为雨水太多，也能引发他的无限感慨："突然觉得自己孤独起来／身边的树不是村口那棵看着我长大的树／所有的宠物都用链子牵着／不是村里见人就摇头摆尾的那只／（即使我没有给它充饥的食物）／／不认识我的邻居／更不用说他姓甚名谁／这样我想起村里互相借拨油米的乡亲／他们不会催我用现金支付／更不会担心我会突然远离他们离开此地"（《远离故乡的人》）。由此可以看出诗人内心的忧郁。正是这样温婉的个性，决定了叙田内心敏感、热爱诗歌和他的诗歌底色。

青春期的袁叙田是个不折不扣的"乡土诗人"。对于诗人和作家来说，故乡是写不尽的主题。一个人，无论你身处何方，对故乡的感情往往都会深入骨髓，是真正的"才下眉头，又上心头"。但凡真诚的写作者，几乎没有不讴歌故乡的，除非是从来没有故乡的人。叙田不是另类，他的笔触从来就不回避故乡，比起一般的诗人和作家，故乡在他出生、成长的过程中烙下的少年印记更加鲜明而动人。家乡风物是挖掘不尽的矿藏。一方水土养一方人，不仅仅是物质层面，实际上也包括了精神层面。在叙田的诗歌作品中，《古井》《石磨》《老屋》《墓地》乃至《清明》，这些构成完整的乡间地图，路碑一样指着回家的方向，也深深地嵌入人们脑海的乡村记忆。大到一场暴雨，小到一口古井或者一朵梨花，都成为叙田倾情吟诵的对象。比如《石匠》，比如《老人》，比如《补鞋匠与乞讨者》，诸如此类的诸多记忆，既是温馨的画面，也是温情的诗歌。对于写作者来说，故乡是永不枯竭的写作源泉，亲人的感情是叙述不尽的文章。地缘上的乡亲、血缘上的亲人，对于我们的成长都输送了不可忽略的营养。当然，最不能忘怀的是自己的亲人。而对母性的吟咏，在叙田的诗集中有着很具分量的篇幅，如《站在田埂上的母亲》《祖母》《谜底》。他用温暖概括了血浓于水的亲情关系。

广义上说，袁叙田也算是个"打工诗人"。自从他大学毕业，南下深圳地铁集团就业，就决定了他"打工人"这一身份。但他对此身份似乎抱着无所谓的态度，更多的笔墨落在书写自我情怀的基础上，不像早期来到珠三角、进入异乡的"打工诗人"那样，喜欢为异乡的兄弟姐妹们写作，既为个体抒情，又为"打工人"这一群体发声。叙田似乎更喜欢以己之墨，践行着"我手写我心"这一创作理念。跟其他人一样，离乡、辗转、流离，打工的日子无比漫长，在这种状态里徘徊、踌躇，抛却熟悉、闹热的故土，只身来到外地，渴望在南方实现自己的梦想。叙田作为《远离故乡的人》，面对《挂在城市阳台的端午》，《路遇一列开往故乡的火车》，也不肯收回《望故乡》的目光，每到冬天，《旧伤》必然复发……叙田自知身为《他乡之客》，在城市的一隅，经常让风灌醉，经常把自己哭醒，在无雪的南方呼唤雪，在叠翠的羊台山、银屏山、太平顶上与伙伴们穿越而过。面对城市的生活困境，他承认自己是《一片被修饰过的叶子》，偶尔来一段小《狂欢》，却依旧葆有对诗歌、对生活的赤忱和热爱。尽管《峰峦如柱》，**"在众多通往虚无的路上／信念低垂　雨水充沛／仅存的光亮打磨着粗糙的道路"**，明知向上攀登的《路上也总是会遇见雷声》，他却嘀咕着如何来《偏爱这细微的日子》，如何去《收集清晨第一缕阳光》，不禁令人莞尔。

写了这么多年的诗，叙田在不断地强化着他的"故乡"诗学。他总是不厌其烦地不断向下挖掘，即便身处闹热的深圳，他的目光也不断扩散，又不断收拢。在诗作《坳下村小记》《夜宿县城》《回乡小住几日》《风往北吹》《野火》《村庄》《六月·远方》中，他总是不离不弃、不厌其烦、不辞劳苦地书写着隆回高平一个叫坳下的小山村。我觉得，每一位自觉、自省的写作者都会激活、塑造、确立属于自己甚至时代的标识物，在新旧两种时间和空间交错的整体情势下，诗人的标识物大体指向"故乡"这一原点和精神轴心。可以说，诗歌无形中构成了一个诗人的编年史。叙田在对"故乡"的无数次书写中获得了温暖和平静，也不可避免地获得了躁动不安。为了在日新月异的时代温故那些山坳、土地、村落以及低矮的植物，为了温故那些亲人粗糙的面孔，以及日益稀薄的往昔记忆，为了弥补现实与精神之间的落差，无法回避的是，叙田也必须随时准备迎接那些扑面而来的腥味海风与滚滚红尘。当然，他在深圳这座国际化大都市中行走，偶尔也像一只《迷途的蚂蚁》，蜷缩在自身的茧中，更多的时候，像他笔下的《静物》，具有"**不锈钢的胆 / 不隐藏事实 / 不制造事端 / 不拒绝贫贱 / 不攀附权贵 / 善于倾听 亦懂得知足 / 经得起阅读 / 亦容易被感动**"。真实地袒露出了叙田那条铺设在内心世界的无敌轻轨。

叙田来深后，诗作在传统中有所创新。一方面，叙田的诗歌容易被大众所接受，不装神弄鬼；另一方面，他借助诗歌抒写方式来反映自己的创新意识。但他又不同于同时代的大多数"80后诗人""打工诗人"，为了表现所谓的新内容，而去疯狂地追求各种新的表现形式。生活在别处，叙田喜欢《独处》，喜欢《独酌》，喜欢在《河边》静思，面对《镜中》自我解嘲，也喜欢《用半个秋天爱你》，更喜欢《突然想起你》，"**如果让我安静下来 / 站在想象的炊烟上 / 喊你的名字**"，面对泥沙俱下之《逆流》岁月，偶尔小醉，想唤醒另一个自己……如此种种，他的诗歌写作是一种指向自我的写作、内心的写作、用情很深也很专一的真情写作。他的诗既没有当下易见的矫情造作，也不存在虚假的崇高或者悲壮，甚至不着异彩。所以他的诗给人的印象就是，在朴素自然与平淡中见真奇，在本色书写中追求深度。比如他在诗中无数次提到的"雪"，比如在鹭湖看到的《振鹭于飞》："**在湖的另一面，一个路过的人 / 看见**

振鹭于飞/便放低了身子"。他对于白鹭的画像,看似轻描淡写,实则另有深意。诸如此类的作品,诗意宁静而又淡远,恰似一幅意境闲远的画,层次色彩浓淡搭配和谐相宜,在自由的抒情和简单的叙述中完成了最有诗意的理想书写。由此可见,在残酷的现实生活面前,敢于放低姿态的叙田是一位热爱生活、清醒而又难得糊涂的活在当下的人。他用诗意的方式在治愈和抵抗另外一个俗世中的自己。

时下的很多写作者都在争抢着赶写"现实",但缺乏的恰恰是"现实感"。叙田是个不乏现实感的人,他在《2021梦系列》之五写道:"太多粉饰的东西 充斥着单一的墙面/斜靠的影子 拉长了初愈的伤口/黑暗中/紧靠湖面的岸堤/百鸟低飞/站在高枝的 看见彩色的蝴蝶 明争暗抢/弱肉强食/排列在杂草中的 发出诡异的光//闪电撕裂了一道鲜艳的口子/一棵掉光叶子的梧桐/低垂着 迷恋脚下如盘的过往/附近的阳台 伸出枯萎的干草和丝瓜藤/朝天空摆放的陶器/盛满了雨水"。只是现实不等同于现实感,生活也不等于写作。与此同时,凭着多年的诗歌阅读,我一直对那些言之凿凿甚至真理在握式的诗人保持警惕和怀疑的态度,全知全能的上帝视角我更是不可能接受的。辛波斯卡说过,在世界面前,任何一个人都是充满了各种局限的,包括认知、眼界和感受等诸多层面。我喜欢叙田这种对生活、对人待物、对诗歌创作都绝不敷衍了事的真诚态度。诗人和作家要有志于写出有艺术品质、有恒久生命力的作品。写下这句话,我与叙田及同道中人共勉。

在我看来,叙田收录在诗集《静物》里的诗就像发源于梧桐山的深圳河河水,上游在山谷中清澈作响,自鸣欢乐;中游犹如走到深港河套,先后吸纳了罗芳河、布吉河、沙河等支流水系,显得有些饱满,也有些浑浊。他向前继续奔流,形成宽阔的深圳湾水域，那分明是《一片长满火焰的水域》啊。如若叙田坦然向前浩浩汤汤而去，假以时日，可能会抵达文天祥笔下的伶仃洋，也可能会抵达魏源笔下的绿水洋，更有可能抵达我李晃眼里那片波澜壮阔的深蓝大海。

是为序。

2022 年 10 月 18 日于深圳龙岗

李晃，1972 年生，湖南隆回人。中国诗歌学会会员，中华诗词学会会员，湖南省作家协会会员，广东省文艺评论家协会会员，深圳市南山区文艺评论家协会副主席，《园山》杂志主编。著有《李晃诗选》等多部诗集。现居深圳。

目录

静 物

山田烧　细花　藤绕

易碎　烫手　胸无城府

港币 54 元　不锈钢的胆

不隐藏事实

不制造事端

不拒绝贫贱

不攀附权贵

善于倾听　亦懂得知足

经得起阅读

亦容易被感动

后退　是一把踏实的泥土

前行　生硬地表达生活

用半个秋天爱你

路过那个地摊

欲滴的葡萄

饱满的桃子

还有你那张被阳光非礼的脸

都引起了我的胡思乱想

这条路通往陌生

两个不同的想法为难了双脚

远方　在不断的选择中

陷入漫长

单恋　背影　直觉

安静的温存使我下坠　下坠　下坠

永无休止

请用酒窝端走我的叹息

请用秋波冲走我的念想

用半个秋天来爱你

另一半用来遗忘

我想离你那么远

却在我身边

我想　人生苦短

却已走了那么长

石 头

把一半埋在土里

像一个诗人掩藏了身世

连黑暗都覆盖不了的秘密

是阴谋的另一种活法

不是每个人都需要轮回

不是每块石头的字典里都有一个道别

河流是唯一清洗罪恶的温泉

毁灭总是铺在河床之底

漫过正常的思维

命运涂鸦过的黑板

写着极易擦除的真理

挣扎　都得不到详细的记录

往南往北　见不到一个熟悉的章节

所有的人都背对着我　我背对着天空

双膝着地

老 人

首先要打磨一下那双粗糙的手

再汊过满脸的沟壑

忍着几十年的苦难

掀起他们年轻的那页

牢记自己的身份

不要弄醒体内的羊群

烟袋　树林　小溪　柴刀

说走就走的云

无依无靠的风

淡了加盐　阅尽世态炎凉

看平道路崎岖

纸上无法兑现的书写

空杯里慢慢下降的幻象和匆匆离去的痛楚

行走在篝火中肆意且不易察觉的喘吁

只解释局部意义的词语和隐于黑暗的消息

从此每年都收集一场雪　做成白布

寓　言

怀疑这平静的湖面

讲述那流水也无法修正的历史

隔岸观火的叛徒　撕碎了信件

无数的屋顶就有无数的观望者

梦游的人放弃了在现场辩护的权利

习惯了服从

换取那一生都不需要撕咬的腐肉

暗夜装下全部的阴谋　继续扩张的眼睛

看到山尖上的落日正向一只怀孕的母豹靠拢

越来越大的雨推迟了结局的来临

神已不存在　每个人都有可能成为凶手

谁会在寓言里一遍遍死去

一遍遍复活

远离故乡的人

突然觉得自己孤独起来
身边的树不是村口那棵看着我长大的树
所有的宠物都用链子牵着
不是村里见人就摇头摆尾的那只
（即使我没有给它充饥的食物）

不认识我的邻居
更不用说他姓甚名谁
这让我想起村里互相借拨油米的乡亲
他们不会催我用现金支付
更不会担心我会突然远离他们离开此地

有些人希望四月快点过
因为雨水太多
村里人对每个季节都一视同仁
翻土砍柴下田割禾

一个远离故乡的人
突然孤独起来
像一粒已经入仓的粮食
到处都是拥挤的黑暗

立 冬

伸出去的手　接不住落叶
时光亦是如此
反倒是忽明忽暗的路灯
把风里那些记起的或没有记起的秘密
捧在手里　重温了一遍

再次潜回老村
和龅牙的野板栗谈谈一年的收成
而一直甜着童年的那棵老枣树
居然过早地披上了冬装
懒得讲过去的事情

只有奶奶　会一如既往地热着饭菜
拉开门闩　坐在灶屋里等我回家
拿着鞋样　让如线的时光在指缝穿梭

白裙子

记得当年
青春很像雪　说融就融了
你是雪地里的小兔子
咧着嘴向我笑

一个没有表情的雪人
心若暖和一点
就会碎一点

有时候站在你的左边
其实是站在对岸

羊台叠翠

和山顶座谈

一坐就是千年

内心澎湃　不曾发一言

一只山羊来到跟前

面带微笑　身披绿衣

带来盛世的消息

闪电击中山脊

穿过森林　穿过群山内心

幽暗处通往正道　花鸟交耳

百花淌山谷　肆意呐喊

拥挤的年代　和一座山交谈

看群山宠辱不惊

抬头仰望　打开春天的秘密

一路撒盐的人　迷失林间

腹地有蛇　蛇走偏路

隔石喊话

石头上有刻刀走动

和时间堆积的声响

风　是搬运工

搬不动"羊台叠翠"

夜登羊台山

石头被时间奴役

蹲坐在历史里　一言不发

生活老了　爬到山顶　小憩一阵

能记住的细节　都掉在拾级而上的路途里

钟爱俯瞰　摆正位置

在低处寻找幸福

生命只需要一个拐弯

就可以找到出路

半路上同行的人

唱着歌　背着自己的影子

生活需要增添一点绿色

变得沉稳　不惧悲喜

城市从怀里掏出灯火

照我回家

山　撑起了天空

我　增加了山的高度

大浪路口

日子都塞进了背包

负重前行　拥挤成为理所当然

路　总是在这里变得缓慢

生活中有许多的不适和嘲笑

以及不按照本意出发的痕迹

静止下来　和农夫谈论天气和收成

旁听者是一只蜜蜂　一截光阴

举起灯盏的月亮

多年不曾离开的植被　是城市中薄薄的温暖

风　多次被流放　回不到故乡　也回不了家

站台解释了每个地名的来源　去处

落日追随而来　卸下黑暗

行色匆匆的人用各种方言

默读刺眼的广告牌

发光的字体记录了一个时代的躁动

人的一生会经过很多的路口

赶路的人　最希望下一脚着地的

就是故乡

山下有田

圈养整座山川　放养半亩水田

白云下面是肥沃的大地

雨水充沛　阳光斜照

山水几幅　点点淡墨

水边的人　只关心作物和蛙叫

舀水酿酒　不用修辞　不加佐料

不批量生产　亦不买卖

钢丝的篱笆　破坏了风景

阻止不了山火的蔓延

火只烧内心　不伤及无辜

山连田垄　田垄近乡

钢筋伸出触须

正侵犯汉字方格

混凝土生硬　拒绝物种

路　断头

城市拔高

山水便住在了低处

树　下

早晨　一只羊在树下醒来
觅食从树叶的缝隙中掉下的阳光
更多的羊经过　更多的草莓红透
轻易得到的都是不可食用的诱惑
车马嘈杂　人心更是叵测
体内的病痛不曾减少
世界观也没有得到改变

在树下
与一群羊交谈
不涉及历史
不评论个体

想带你去看雪

想带你去看雪　看那还没有落下的雪
掩盖在雪下的秘密初具形状
像潜伏在河床底下的流沙　经过多年的沉淀
沉默中的言辞　露出透明的锋芒
枝头上伸出的手臂
突然站了起来　站在一个雪的早晨

同样站在早晨里的　还有一匹瘦马
一匹没有缰绳的马
一匹驮过粮食　驮过岁月的马
站在早晨　等人来驮

这烟火折返的小路
蔓延至屋顶　回到过去
雪越下越大
向更远的地方望去

雪　并没有落下来
你　也从未来过

夜

多次和这夜倾谈

像我不止一次经过古老的村庄（村口的小路）

去往远方的石阶　马蹄渐轻

身负秋霜的人　束紧了衣领

随身携带的书本

完整地记录了过去的悲伤和欢愉

尘世的金属　磨出镜面的光泽

空洞的躯壳　隐藏了实质的部分

腐朽的恰巧藏在最不显眼的位置

肋骨旁边　人影闪动

推杯换盏间　群鸟四散

夜如岩石　灯下的万物游离

窗外的空地上　马匹失控

卷起的尘埃　变成了风

请不要随意问及异乡人的归程

不要随意摘下并未红透的果子

在黑白之间

夜　保持中立

石 匠

骨头里质地松软的组织

暗藏着不可描述的病灶

像膝盖上隆起的盐巴和即将融化的冰块

同时听见粉碎的响声

石錾奋力挤出的裂缝

有血色的纹路和透明的液体

被闪电击中的午后

暴雨及时到来　带着熊熊的火焰

持续改写秋后的山坡

古老的石头一分为二　一分为三

带着胎记的石头

有某些物质在体内膨胀　发炎　化脓

高举过头的石块　接近真相

所有的石头

都有一个水滴石穿的梦

石匠　夜以继日

人 群

尘世的人　比尘埃更轻

大地上随意行走的河流

没有方向　不知悲喜

久未联系的亲人　未见字也未见面

那些被我们轻视的岁月　都汇集在了眼角

他们笑我早生华发

笑我面带悲伤

笑我放不下过往和归程

所有原地等待的人

都有一个火炉

围炉而坐　生火取暖　寒风正紧

在重复迁徙的路上

丢下童年　乐趣　记忆

只留下累赘的肉体和无名的尘埃

尘埃四处飘荡

成为风的一部分

祖 母

和三月一同而来的雨水
桃花　以及漫山遍野的杂草
都集中在故乡的坡上
让人想起那个曾经在这里劳作的老人

炊烟像一个人的生命轨迹
弯曲　没有定向
活着　拼命燃烧的人
死后　是不是会离天堂最近
她在大苦大难中都熬了过来
却敌不过附在骨头上的那一点点伤痛

赤脚着地
随时都可以碰触到冰冷的悲伤
细小的溪流经过村庄

六　楼

身边仅有

夜风和黑暗嬉戏的声音

寂寞和我一样

忘记了睡眠

六楼

灯光

正在强打着精神

六楼

几立方的白天

被几面透明的

贫血的玻璃

软禁了

几个疲惫的影子

如被睡意征服的呵欠

东倒西歪

向子夜发出了求救的信号

六楼

最高层

欲望比它还高

梨 花

大雪阻挡了前往县城的路

把所有能记起的日子都干净地铺开

我只在雪地里画了一个圈

写上你的名字，少年时的悔恨

一路上丢掉悲伤和无关紧要的誓言

县城离这里不远

可我忘了问你具体的时间、地点

甚至你脸上最明显的胎记我也不记得了

只剩下一个纯属虚构的情节

和一杯白开水

一场大雪断了所有后路

左右为难时

雪，漫过了唯一的线索

和我身后低矮的村庄

光

这依附于大地的影子

是高空跌落的　零散的骨头

带着血丝的　空心的

被透明的镜子收纳的光

都蜷缩着身躯　使镜子变得更加透明

在你看来　所有的空间都是废墟

都是不值一提的假象

活着的人　终究成为一道光

只是不再讲真话　不再对你露出干净的微笑

在那荒芜的路上拾捡遗漏的种子

没有翅膀的鸟和变得异常臃肿的冬天

都在寻找出路　做困兽之斗

站在高处的羽毛　以轻取胜

这片铺满沙子的领域　不知深浅

水平面也变得参差不齐

每个人戴着面具　面具渗入肌肤

化成虚伪的一部分

光
再也照不透这世间

预　感

漏水的器皿

住着常年哭泣的鱼

围烧的篝火　向生活露出了鲜红的獠牙

和一面呼啸的旗帜

表面锈迹斑斑的餐具　置身于生活的盐

忍痛剥离出金属的内核

留下绿色的种子　一颗炼过的种子

包裹着缓缓流动的液体

和一个随时可以发芽的月份

路上独坐的动物

解开了颈部的绳索

却画地为牢　走不出那个圈

这无数跌落的叶片　在命运之河漂流

一生都在寻找能靠的岸

哭泣的鱼　撕下自己的鳞

嵌于这空洞的器皿　一面悬挂肉体的墙

走出了很多的影子　直立行走的影子

看到鱼的眼睛

看到了自己　满身的伤

在鹭湖

山水婉转　行人欢喜
晨光中伫立的几只白鹭
梳理着自己的羽毛
和雨后的思绪

在静若处子的芦苇尖上
不假思索地找寻昨夜的痕迹
满头的白絮　暴露了整夜的未眠

未眠的还有我
脚步声整夜在梦中踱着
一声声吞噬着温暖的日子

只有在湖边
这微风拂面的小路
这轻描淡写的树林
这波澜不惊的湖面
以同样的节奏
停留在一个漫步者的快乐里

从未如此轻快地路过一段记忆

收集清晨第一缕阳光

肆无忌惮的小女　冲在早晨的前面
阳光像一条放羊绳牵引着她
路边形形色色的笑容
独爱她的调皮

爱她对自由的追逐
叶尖露水般的纯洁
爱她对远处白鹭的向往
蝴蝶停留在花蕊中央
爱她对未知路径的探索
阳光打在通红的脸上

像小鸟一样　不停扇动自己的翅膀
总是担心她会碰到路边的树枝
总是担心她跨不过路心的水坑
总是担心她绕不过世间的荆棘

都是多余的

画　中

六月的某天
尖锐的东西刺中一个柔和的表情
红色的液体碎成一朵鲜花
贴在路边的石头上
多余的漫过草地
沁入泥土

画中无法感知的疼痛
被风发现
摇了摇路边的树枝

观澜河

深居简出的生活　在河边
被一条罗非鱼
搅动

水草给了整条河柔动
水面空旷　平摊着时下的阳光
河床底部　沉淀着的过往
正一页页被翻起

水被圈养
鱼就成了宠物
在龙华的地图上　从下游到上游
那些无拘无束的浪花
亮出了生活中最通透的部分

信马由缰
岁月轻快地向前

振鹭于飞

白色的弧线滑过平静的湖面
滑过干净的日子

一群白鹭　隐于水草间
那些不问世事的
在水一方

桀骜不驯　宠辱不惊
在湖的另一面　一个路过的人
看见振鹭于飞
便放低了身子

风经过的地方
都有回响
鹭鸣之处
万物皆静

环观南路

晚归的人
失去了黄昏
放大的孤独
像山一样排过来

中途下车
改变行程和最初的想法
失去植被的土地
重新和雨水达成了共识
那些顽固的　肤浅的　黑色的石头
横亘在路的中央
像停留在体内的硬伤

身边快速经过的人群
疯狂暗示黑夜将近
照常行走的人
隐于废墟之中

无数次穿过暴雨的孩子
并不是为了淋湿自己

铁 轨

幻觉常常来自冰冷的表面

卷走御寒之物

低飞的鸟群

避开了世间的石子

大地承担一切的苦难　不再抵抗

开在夹缝里的花　并未枯萎

被一遍又一遍地碾压

终将成为生活的底色

那些锈蚀的生铁

重回生活之炉

悉数得到再次的锻炼

成为原本的样子

那么多呼啸而过的风

沿着铁轨滑行

寻找归宿

樟坑径

被生活挤到了角落
一条河像臂弯一样　挽留了缓慢的时光
慢下来　便可看清更多缓慢的事物
他们都像碎石一样　散落在地
急于归整　急于在路口高举火把

站在巷口的你　向我挥手
领我走进后花园
一口铁锅　一堆梳理过的青菜
一桌子的烟火味
一群互相认识又互相陌生的人

手提青灯
沿着小河缓行　捡几片落叶标记
一定会碰到几只懒散的猫
不为所动
不解风情
不问过往

这些发生在樟坑径的小事
没有人记录

信

向他们打听你的消息
才发现丢了多年前的照片
忘了容颜

一个背影
成为纸上的坐标
不肯回头

常常看见整片整片的白
不着一字

那些被打湿过的羽毛
再也没有干过

风往北吹
——清明遥寄

窗外是千里　千里之外

坟山满草　草摇故乡风　阵阵吹人冷

异乡人在异地　不及归

纸灰凉　层层念　都是离人泪

烟雨中　桃花落满地

一草一木　守护黄土堆　满眼是寂寥

静坐的祖先　把肉身住进了大山

郁郁葱葱　凄凄惨惨

春风　经不起祭奠

度不过千山万水　归来却是不悲不喜

碑文模糊　糕点冰凉　纸钱重叠

尘间问候　如纸燃烧　见字如面

风往北吹

吹落黄叶

人如落叶

叶落归根

浓　霜

这镜中的救赎　夺眶而出
摘光叶片的树林　紧邻废墟
未曾来过的人　留在了四月
他们都有孤独之苦

即使鲜花落满了整个山坡
众生忙于拾捡丢落的松子
顺从了这自上而下的漩涡　淡化了悲喜
只有一只山羊　被豢养　画地为牢

制度总是留下缝隙　给人可乘之机
河流开辟的去路　挟裹而下的
人群　望向山顶　再往上的是星星
天地苍茫

陶器碎裂　花瓣随之碎裂
秩序依旧
却又漏洞百出
霜
越来越浓

梦 境

细微的事物　跟随蚂蚁的足迹

陷入积雪般的梦境

晚宴迟迟未散

屋外鸟声四起

盛装的酒杯　再次倾倒在裙下

一月的阴影拉长至二月

一同被拉长的还有和你相遇的小路

这些被冰封的时间

总是被人问及

你的归期

如果至今都无法唤醒你

就把酒杯倒扣

那孤岛上唯一被放逐的金丝雀

褪掉最后一根羽毛

面对镜子

一览无余

火红的裙子

新的事物总想把旧的事物盖下去
好比这火红的裙子
褶皱里藏着纯净的水
缓慢燃烧的火种
他们总是在深夜将自己浸泡在母体里
觥筹交错　错的是风中细碎的文字
不得体的着装　边缘
像窗帘下透出一丝见不得人的光

现在　可以随意拥抱
抱着这时代的一角
即将风化的一角
他们总是说自己
拥抱了整个时代

石 块

陶罐内部翻滚

秋日恰好搭在夯实的一侧

点燃的稻穗

飞出自由之鸟

一匹马　驮着黄昏　斧头镰刀

立在原地

忘记曾经拥有的城池

暴雨将至　孤岛沉于寂静

羊群聚集的后半夜　草原流失

水滴依旧滴在陶罐中

清风点燃的油灯

展开虚无之镜

为了保持平衡　在生命一端加满石块

孤独是暂时的

虚无永恒

人间的每块石头　都站在文明的左侧

打磨自己

峰峦如柱

在众多通往虚无的路上
信念低垂　雨水充沛
仅存的光亮　打磨着粗糙的道路
他们收集的孤独　小心封存
无法完成的事和无法见到的人

吹破誓言的泡沫　再也不提及
每晚都听见有人在走动
预言提前到来
黑夜在奔跑
月光下带着倒刺的树枝
露出了刻刀的木柄

峰峦如柱　众鸟归巢
贴在大地表面的肌肤
带着母性的温感
被无数次地烧制　泥坯成形
万物重复表达
剩下的　移居到雪地的废墟

树　林

随意翻动的页码

记录着可以擦拭的道理

水面平整　石块见底

繁花占据漆器的顶端

木匠的斧头　砍向悬崖的一侧

带着均匀的节奏和傲慢

流沙漫过梦境的堤坝

多少羽毛　都在自证清白

空有济世的树干　背负骂名

雪　不能承受肉体之重

浊音喂养的空谷

散落空壳的松子　永不归来的狮子

留下木质的钥匙

瘟疫过后

每个人的手臂上印着鲜红的花朵

我们同时谈到雪

一叶带雪的风　肆无忌惮
像高处的石块　倾斜而下
挤满了一个异乡人的早晨
早晨依旧　纯粹是为了昨夜的辗转反侧
故乡多次造访　梦亦悬挂在空
而影子总是走不出灯盏的长夜
空出的间隙　塞满了归途的迷茫

各种角色都扮演得最为适宜
掩耳盗铃的人　已奔跑在雪地
路遇虚构的树林　冰冷的石块
事先封箱的礼物　散落在地的种子
被风占领的村庄　总有人　隔空喊话
点燃荒芜的野草　人烟干燥

一匹瘦马　如履薄冰
雪　每年都没有落在家门口

草　垛

在乡村的秘密里
只有草垛一年四季都守口如瓶
雨雪风霜都不能让她开口
只有老牛的反刍才会啃噬到她的温暖

草垛没有家
下雨就用雨水清洗自己的烦恼
下雪就用雪花盖住自己的寒冷
只有我能发现她那凌乱的语言
一句紧贴一句
记录着这个冬天的人来人往

柔软的草尖
可以挑起任何一个人的
乡愁

独　处

雪继续落下　看不见的梨花
落在窗前　没有发出声响
是二十多年前的布娃娃　不再说真话
保持人形　最初的爱恋　自由的生活
总是相遇　却从不言语

放下绳索　羁绊　放下藕断丝连
一场远行　异常寒冷
月亮是个大邮戳　不告诉归期
小镇折枝不相送　海棠依旧
列车绕过记忆的空地

月光尾随
没有人会站在原地不动

七登羊台山

肯定不止七次

不止像书写的那样热爱

这草　已各自成行

落叶亦沉淀成词

一缕清风　半坡曲折

山顶的辽阔　像打开的胸膛

郁郁葱葱者　必经历过荒凉和孤独

不知所踪者　重归丛林

伐木者伐心　阳光力透叶背

林中小道　无杂念横冲直撞

远了的　是蝴蝶垂下的翅膀

扇动许多翠绿的情绪

夏天刚刚开始

这路边　终究是要长满野花的

像多年前　讲过多余的话

偏爱这细微的日子

观景台　阳光攀爬至栏杆
荔枝树亦步步为营
溯溪而上　捧一口山泉水
记得你来自故乡的老井
只是路途遥远
变了味道

逐风的小蜜蜂
看淡了收获
细数枝头的叶脉
淡云路过　头顶潮湿的过往
知道你的漂泊不定和高处不胜寒

当所有的抵达　不再为了目的
上坡即下坡

隔水相望

之间那个虚构的水库

波澜不惊

声响喊开的一抹水面

又迅速合拢

风　凌波而上

确定这风拂过你的发鬓

翻过写给你的书信

横过你的秋波

私自打开过春天的窗户

在远离人群的水边

一棵常年盛开的梨树

花瓣掉落

没有回声

细雨拨弄的日子

小憩幽谷

琵琶叶垂下的时光

经过小溪　跃进瀑布

跌落成碎片

沉于岩层的部分

不再关心世俗

被雨打湿的万物

变得通透

水利万物　生生不息

一树繁花　一袭红颜

红颜易老

十里雪花成幻觉

翻山越岭者　不拘于路边的诱惑

这尘埃之重　压在登山者的脊梁

半山腰

对于熟悉的事物

总是多次提及　直到变得陌生

唯独这半山腰的思考

显得异常地沉重

挥动斧子的人和采花的人混在一起

谈及理性　隐喻

前面的人

就统一观点

直线行走　就会走进窠臼

腹地有异响　花蛇游离

都在试探彼此

肌肤交融又保持距离

这半山腰的世界

就像悬在半空中的巢穴

一条河　从侧面经过

路上总是会遇见雷声

没有伞　闪电早早地撕裂了天空
充足的雨水　倾倒在废弃的瓦罐里
曾装满歌谣的罐子
打碎后
歌声便居住在了树梢

闪电强行剥离枯树之皮
无辜的　缄默的　梦呓的
空着手的人　站在过去
肋骨下的疼痛
像鼓手击中鼓面

雷声四起
麋鹿狂奔
跑进黄昏的女人
被月光淋湿

山　顶

一块巨石

像放在山顶的心事

腾挪不开

整座山都没有醒

春天已替它染了头发

暴雨已为它梳洗了妆容

风口中的一声呐喊　底气十足

领路的人　开始寻找下山的路

山涧多妄语　窸窸窣窣

瞭望　搭配一种乐器

或掺杂几滴雨声

很多事物就将重新定义　隐于山林

置身山顶

置身相互雕琢的境地

黑暗降临

独　酌

伸出手　把城市推开
找一条去往过去的路
在水边　杯中住着明月
酒是上等的酱香好酒
一壶　一杯　一倒影
风　是解酒良药

千里以外
田地荒芜　杂草当道
花生米饱满

盐过多
生活稍苦

镜　中

不要长时间看镜中的自己

端坐的一副皮囊

诗集　筷子　普洱　米酒　针线

都站在可以嘲笑的位置

淡定不语

对面是一条暗道

身体完全被塞进了拥挤的空间里

桃花正开

生命最先知道消息

窗外有雨　雾霾突然提高了热度

无路可走的人

对连日的阴雨产生了怀疑

不在阳光下进行的交易让人产生想象

不能自圆其说的承诺

像打碎了的镜子

充满锐角

人　群

经过春天的人

爱野花甚于爱广场的雕塑

把城市切割成小块

独守一处

在大地上细数繁华和凋零

那些似曾相识的回头

那些热情似火的木棉

那些无法坚持的落英

都迫不及待地各自往前赶路

离开故乡的人

总是想经过一口清泉

跪拜下来

尝尝来自源头的甘甜

俯身舀起

一朵无根的云

人越集中越孤独

越孤独越靠近

突然想起你

明知村庄离我很远
还是在梦里千里跋涉
我不能在城市的秋里
拾起遗落的稻穗
这是一种无法喂饱的饥饿

城里的屋檐不滴水
不能奏响重重的方言
如果让我安静下来
站在想象的炊烟上
喊你的名字
干涸的小溪
已不能做出任何应答

心仪的女孩
请按时收割生长在野外的作物
别让他一直孤独　忧郁
自生自灭

一片长满火焰的水域

此时　你能看到什么
呼吸　裂纹　终点　安静　欲望
知道这个季节即将寿终正寝
知道这些口水无法独立成章
而一片水域下面藏着
陌生的节奏　潮起潮落
一张素面　一场虚构的爱情
没有晓风残月　没有夜半钟声

这座城市　没有冬天
没有可以遗忘的最佳方式
高楼加快了人际沙化的速度
站在和你相拥的风景里
注视那朵绽放的青春
忽然听到一个名字划过夜空
划过平静的水域
才发现目光不及
脚步追不上你的离去

找不到倾斜的村庄
找不到歉收的麦子

找不到童年撒野的田野

找不到安然入睡的那个黄昏

找不到你那被雨水打湿的眼眸

找不到此岸　彼岸

在一片长满火焰的水域旁

在离村庄最近的炊烟里

等你回来

夏 至

跨过一座独木桥

就可以抵达一个村落　一群牛羊

曾经长久地居住在此处

熟悉每一阵风将要去哪里

知道每座坟墓下面住着哪位老人

红番薯的叶子疯长

侵占了村庄的大片土地

剩下的只是一些杂粮的领地

它们在不均匀的分配里　和谐地成长

炊烟是个慢性子　到开饭的时间还没有升起

牛羊按时回栏

夕阳铺在泥泞的小路

我却还没有回家

在别处

时常想起
那些没有机会远离故乡的人
他们的双脚长年累月被乡道绑着
他们的目光长年累月被大山挡住
像一群画地为牢的羊
总是走不出那个圆圈

用方言告诉我
千层底的鞋子能走到远方
米酒最甜　野菜最香
土能生万物　地可发千祥

我已经记不起是哪天离开故乡的了
只是一到有月亮的时候
我就会在面前画个圈
把自己放进去
在那巴掌大的地方　回忆

石 磨

残疾的石磨
依旧　在祖先的意志下
转播　过去的故事

用思想追赶
用传说解释

碾碎了记忆　接在手心的
却是遥远而透明的忧伤

轻轻一吹
童年就翻了一页

雪

今晚的水长出了刺
风　使劲地摇着火苗
笔下的一个字失去了影子
瑟瑟发抖

外面有狗吠
风　一刀一刀地砍过来
经过妻子的刘海
削在父亲的脸上
吹在奶奶的腰上
妈妈一根根地往灶膛添柴

靠在家的旁边
今夜　没有想象中的寒冷

扫 墓

声音暗哑

一根年迈的狗尾草

只是个真实的记录者

如果笔尖

在大地上留下了伤痕

它会情不自禁地流泪　低头

七年了　墓碑前的小树

只是增加了七个圆圈

奶奶的胸口却不只是疼七次

石头上的碑文也不只是被风雨剥离七次

想拔去坟茔上所有的荒草

却怕爷爷为此着凉　感冒

瓷　器

总是站在生活的一隅

精妙地修剪心情

使其变得通透　辽远

更远的地方

便能见到故乡

白云之下　枝头之下

常常坐着一个从容的人

静的湖面

看似波澜不惊

却隐藏着生活的不易和躁动

随时发出底层的声响

过于修饰

便失去了应有的温度

我只是一个旁观者

内心长满刺

需要修理

已过半年

《红楼梦》看过一遍　花气袭人

打碎的碟子没人去拾起

回声已经传出去好远　正在往回走的路上

空杯子里的水　只剩下几句微温的问候

倒扣着的过往　无人来翻起

雨中强行入画的爬行动物

拖着长长的痕迹

被冲回了原处　没有看清真相

也没有反抗的余地

两城之间　你我仅隔一箭之遥

你有你的白开水　我有我的梧桐枝

总是站在冬天的后面　看人为你披上暖

顺便抓一把雪　点起火把

这用一生也跨不过的桥

连接着另一个故事

坳下村小记

深不过膝的小河
用年年疯长的杂草拒绝了陈年
熟了的每块石头
和每个人都交上了朋友

春天按时出现在泥泞的路上
死去的祖母曾经把花种在山坡
剩下一株不大的杨梅树作为指引
红黑的果实　　使忙碌的人群安静下来

整个冬天铺满村后的大山
疾病总是会从不严实的地方露出来
它们突兀地站在季节的尾巴上
吞噬着这块贫瘠而又肥沃的土地

多年向上的仰望
像我脚下向下的根须一样坚定

轨 迹

每次远行　都会在身后留下等待

石板路用来磨刀和接纳光阴

背包里的金属是钟摆

遥远被切割成一小块　一小块

夜又将其聚拢到一起

在梦里稍作整顿

摔碎瓷器做标记　割开树皮找一条退路

雨水顺势而下

炊烟藏进丛林

一幅月光完成的背景　旁边点燃篝火

当每个脚印都注明徒劳时

下一个出发将变得模棱两可

超过自己也只是写在故事前面的标点

拒绝　或者停留　以及恰到好处的借口

不愿醒来的世界继续容许酒精的嚣张

嗅觉不再敏感　城市中央不再有扩散的能量

飞行器滑过的天空

伤口越来越宽

曲终人散

上半场　总是有人在思量这夜的黑

喜欢唱歌的人

想起许久未曾联系的人

也许从来都没有联系过

轻音乐里的灯光

从来没有亮过

却是一剂良药

止住了思念泛滥

多半的场合

我们都羞于启齿

不愿打开潘多拉的盒子

只是希望在某个街角遇见你

然后　各奔前程

活在梦里的人

枕头从未干过

她们的伤口越来越深

直到思念如海　深不可测

音乐又响起了

随处可见的影子

你的影子

在天亮前唱完这首歌

在下一秒

把你

望穿

你背对着我

我背对着夜

音 讯

三寸长的影子

坐在自己的黑暗里

临近初秋的叶子多了些皱纹

对我来说　留下来是没有意义的

它总是把我急需了解的部分藏得很深

失眠人的眼里

窗户只不过是风的隧道

再详细的地址也已经收不到你的音讯

更远的蛇　开启冬眠的模式

从后门进入街区

所遇到的人都很谦卑　小心翼翼

这些年　丢失很多信件和一些细节

想起那些即将霉烂在土地的粮食　不知所措

它们的内心总是会有无比的焦躁

悲伤来临

拥挤的山村　秋收正浓

一匹马　快步跑进深秋

事　物

客居的城市　缺少一间作坊

瓦罐破碎　得不到修补

踩在海平面　不沾一滴水

想逃的不是我　是肉体

于是开始学习路人的步伐

艰难行进　灵魂总是在前面取笑

走走停停依旧看不到它的尾巴

被阳光缠住的事物

变得温暖

闹市中央的红灯区撩起了裤脚

露出质感的生活

早早出来觅食的小鸟

迷失在高音的时代

他们的翅膀已经没有了羽毛

他们深邃的眼神已经配上了高度的近视镜

忘记了俯冲的动作

时间堵在来时的路上　破碎的事物

铺展开来

身在何处

远方
不再来信

常常想起月下的那个人
别着脸
不让我看见她的容颜

打不开天空
就像追不上自己的童年一样
明明要相遇
却擦肩而过

相爱的人
在我身边
一回头
不知道自己身在何处

照片里的一次远行

夜　悄悄潜入花园
趁着喧嚣　穿过人群
台灯下面　亮着过去
伤疤旁边　忘记的疼
又一次割开了肉体

发出一点声响
然后消失在路上
拣一片落叶　指明方向
方寸之间　已装不下几句祝福

天空依旧留下单薄的影子
故事嵌进了纸张的腹地
泛黄的过程替代了晦涩的日子

背景依旧是很多年前的春天
雪还没有融化
今夜灯下唯一醒着的人
冷　一件一件地爬上后背

那些遥远

用一个杯子
装下整个夏季的思念
那些不知名的花
一直都在悄悄开放
只是今晚的台灯
怎么也睡不着

今晚的枕边
又会留下哪一片花瓣
即使在深夜
灵魂也得不到安静
常常在梦里　喊出你的名字

我有一杯白开水
一扇打不开的门

远方的远

此刻　我看到了另一个国度的云
长着翅膀的云　不善言辞
像极了你一路的旅程
像极了那个被你称为故乡的地方
也许　只有再次看到这片云
才知道这里离家不远

我们年轻　总喜欢把自己放在路上
听见你轻轻地绕开雨水
绕开关键的童年
绕开桃花满枝的春天
绕开正在沉睡的小镇
现在只有樱花　崭新的路

夕阳还没有落下
心情提前哽在喉结
白开水透过玻璃看着涌进窗户的春天
一句微温的喊声
装在了夜的信封里

也许就那么点时间

那么点距离
当再次相遇时
是不是也会说
多年不见　别来无恙

挂在城市窗台的端午

没有人能阻挡

把一个农村人的背井离乡

放在关外的一小部分里

端阳　一株长久居住在诗里的艾草

拦腰截断

用来驱赶粽子和咸鸭蛋的秘密

和那些放在砧板上面随意剁砍的翅膀

芬芳的艾草

泛绿的粽叶

任千年的蒸煮　亦不改其味

站在南方的某处

在楚辞里回一次家乡

糯米饱满　浭水泛滥

一个涨雨水的黄昏

所有的乡愁全都塞进了城市的万家灯火

突然发现　对面的窗台

它已经把端午挂在城市最显眼的地方

望故乡

只能通过窗户大小的眼睛
不断地 使劲往故乡的方向看去
看到的却依旧是"面对黄土，背朝天"
依旧是低下头思考的稻穗

要用什么样的呼吸来获取这些粮食
要用一种什么样的姿势来证明饥饿
那唯一可以用来指路的狗尾巴草
已经连根拔起 插在秋天的发梢里

并没用成群生活的牛羊
散居在各个山坡 占山为王的
依旧是穿着粗布 挥着长鞭的人

靠　近

深夜　所有的东西都会向我靠过来
他们会以我为中心
像许多的铁屑靠近一个巨大的磁铁
白天他们的速度很慢
一到夜里　他们就显得更加迫不及待

其实我也是个饥肠辘辘的人
冷的时候　我想靠近家
在外的时候　我就想靠近村庄

一些事物的中心　他们向我靠近
又向着自己的中心靠近

有时候　生活就像一个孤岛
四周是水
别人不能靠近我
我也不能靠近别人

五 月

像送走青春一样　送走春风
透明的玻璃　折射出不同的归途
归途无归期
低矮的天空　悬挂着南归的翅膀
带雨的羽毛　掠过铺满花粉的河面
动脉中无数涌动的不安
复写在沧桑的脸上
岛屿状的公园　将自身独立
企图隔绝尘世的喧嚣和聒噪
只有成群的人和鸟　站在顶端
打听未知的消息

烈日正浓　裸露的肩头
沁出城市的暗香
细碎的小步
追赶微亮的火把
举着火把的人　熄灭了持久的热爱

夜晚来临
所有的人都交出了自己

他乡之客

隔水相望　把岸交给我
在岸上种上鲜花　慢慢老去
总是看见你的影子　在水上
一低头　全破碎

把故乡绑在年轻的翅膀上
随青春一起飞
你说你遇到的　都是他乡之客
不会讲方言　不会嘘寒问暖

秋天靠近　你却越来越远
风没有方向
你说你想走在回家的路上
在某个雨天　挽着清秋

远方　风轻云淡
静谧的天空怀抱着整个黄昏

奶 奶

电话的这头　我不敢落下一个字

我似乎又回到牙牙学语的时候

一字一句地倾听着这个熟悉的老人发出的声响

在她的描述里一遍又一遍地重新走在老家的屋前屋后

听她向我讲述每天的起居

胃口还好　青菜都是自己种的

树叶开始落了　隔壁家的姥姥已经去世了

门口的枣树比去年结了更多的枣子

花生也收了　生的　熟的　咸的都有

下次回家带些出去吃……

我只能安静地听着

因为我很难想象　一个得了癌症的老人

能把生活和生命看得如此简单　淡定

就像一缕炊烟　升起在秋天的村庄里

不惊不乍

北海道的冬天

某些时候
一个喜欢居住在想象里的人
无所顾忌地去回忆　或者去畅想
可以从炎热难耐的夏季
突然抵达冷得心疼的冬天
可以坐在电脑前
漫步在遥远的异国

为了看一些彩色的云
把窗户擦得明净
就像擦着多年前对你的承诺一样
越擦越冷

曾经试图留下一个背影
试图留下一个雪地里的脚印
试图站在来时的路上和你道个别
试图收藏几朵多年后将在北海道落下的雪花

曾经下了好大一场雪
只是
我们都视而不见

风 中

老人先于时光死去　路上行走的人
陆续消失　不同的是心情日益沉重
河流不悲伤　容纳了多余的泪水
眼睛擦亮夜空　隔开的山水
是静卧的远方
当大地上的高粱全部等待收割时
杂草开始启程
风里的家乡依旧温暖慈祥

黑暗中　谁是孤独的种子
谁又把自己的名字拆开
无法收藏的过去和隐隐作痛的伤疤
生命里并排站着的幸福
正走进现场
一群没有童心的大人　结束了各自的猜测
盘算着命运里的那点光阴

夜里　民谣准时响起
歌声再响也够不着青春的注脚
那些张开的嘴巴
被强行塞进了时光的石头

漂泊者还在漂泊

奋斗者还在奋斗

梦　境

眼前的地图清晰可见

找不到一个出口

体内的暴雨开始漫过行程

没有哪只脚会按照原定的计划奔跑

规则被随意更改　带路的人迟迟未到

路的两边都是刚种植的作物

迎面而来的人　他们没有面孔

一个一个被风吹离地面

也曾经年轻过　闪电击中的过往

对金属与生俱来的惧怕

怕它的冷　怕它的硬

怕它会将我的胎记覆盖

深入到我的骨头

渗入我的灵魂

不愿多想　即使迷失　画地为牢

只愿在这狭小的梦境里迎风站立

遇见想见的人

一场暴雨

天亮之前　屋外的坛子已经得到满足
曾经也有着远大的理想
只是面对天空　无法一一兑现
极力维护自己的过失和懦弱

雨　可以稀释盐　伤口上的疼
水漫过路途　整个乡村被我暂时忘记
那个遮风挡雨的地方　开始模糊
山路崎岖　快步如飞

一场下在体内的雨
聚集成硬物　可以提醒骨头的松散
肆意游离在血液之中
像生活中的内伤和过期的誓言
在日子里狂奔
无法排到体外

雷声响起　击中旷野
旷野的孤独没有人能读懂
正如村口的大树
无数次经过　都得不到一点多余的言语

白开水

久未回忆的人　开始变凉
生活中长期被保留的位置
被人占据

篱笆外的作物　高于篱笆
更外面的脚印终究会消失
花开正艳　美好的时光得不到重新梳理
多余的想法走过了一季又一季
最终还是颗粒无收

是的　早已忘记
关不上的窗也关上了　或者腐烂
抵达不了的别处　记忆消散在光阴里
久居在此　右手总少不了一杯白开水
少不了一个投影

当故事都成为虚构
一句一句地堆砌成城堡
外人勿进
流言勿出

别　处

春天很短　夏天很长
白云按照自己的意识行走在天空
每个影子都拥有巨大的翅膀
有些云是另有企图的　迅速聚集
组成一些虚构的情节和谎言

看见一个纳鞋的老人
在收集旧时光　在望向路尽头
承认了一壶米酒的坏脾气
原谅了一件旧家什的懒惰
悲伤的消息过去好多年
从此再没有遇见那个在太阳底下纳鞋的人

别处　有时候一直在身边
一个合格的思乡者　不会发出多余的声响
除了在黑暗中忽略失眠　把眼泪逼回泪腺
把群山叠好装进行囊　把镜子里面的白发染黑
你一定看不到他的心事

我们抬头能看到的地方
不一定是故乡

梨 花

多年不见

那些曾经在细雨里飘飞的花瓣

被人收藏　终究消散

那棵刻下名字的树早已倒在了必经的小镇

无法绕道

在不合时宜的故事里

总是辨认不出自己所扮演的角色

落英随意　感知不了具体的遥远

有着够不着的幸福

这一生的境遇　已被安排

各自忽略暗伤继续前行

碎片无法再还原成整体

年年经过的风

借一个片段　回忆

此后　播下的种子　无一发芽

墓 地

野草　一岁一枯荣
路过墓地无须事先算好时辰
那些祖先聚集的地方
悲伤　随风飘动
乱石是世间生死的记录者　随意散落
人　无法预料下一秒的生活
对于未来　谁都没有发言权

这里幽静　更多的人开始只会倾听
子孙们的呓语
落叶一层一层堆积
从缝隙中透过的阳光　温暖了泥土
闪电划过的天空　随时都会哭出声来

曾经无数次赞美的人
住进了画里
曾经无数次经过的地方
被一个拱起的土堆
挡住了前往幸福的去路

多次写到雪

多次写到雪
对你却只字不提

下雪的时候
你也是白衣飘飘的样子
身后　却孤独成林　落叶层叠
走进彼此　如入无人之境
请一定要记得我最初的样子
有六角的棱　有醉人的笑
有蓬松的土地上开满带刺的花

多次站在夜里　打开自己
将体内填满雪
白的雪　是一种力
推开通往梦的门

梦里的雪花
太过温暖

便成了眼泪

霜 冻

那一年的霜冻　折断了后山的树
折断的树　像折断的旗帜
对这个冬天的妥协
蔓延到了田野　所到之处
连影子都冻僵了

双手插在裤袋　摸到一个硬的核桃
倔强的核桃
是我多年前留下的隐痛　至今无人能打开
体内的纵棱
像极了回家的路　弯弯曲曲　坑坑洼洼

没有路的地方　水可以过去
有时候水也需要搭桥
霜便出现了
它有很多的活法
却总是离群索居　不食烟火
不善言辞

一夜间　让所有的人白了头
私订终身

一个常把自己哭醒的人

也许看到了光
也许是在更深的暗夜里挣扎
再往前
就会醒来

体内的痼疾
总是和现实抗争
某些时候　握手言和
随即打碎玻璃
割伤自己

这个时候养一只猫
分辨是非
种一亩荒草

便是眼前所见

霜

每个人都说自己是无辜的

拒绝

看见本来的自己

没有争辩的人

活在暗夜里

像一些遥不可及的声音　散去

白的发　白的霜

死去的人

站在高处

谈论五谷丰登

坚硬的伤口

霜铺下来了

像盖在大地伤口上的纱布

古井是流干泪的眼睛

古井是流干泪的眼睛

井边疯长的荒草

加速了故乡的破败

一把野火

燃尽了三十多年的记忆

贪玩的孩子

忘记了梨花开了又谢　谢了又开

你来了又走

只有墓碑

一动不动

谁在秋天里种满了故事

年年在下雪的时候

寻找曾经来过的印记

圈养的野兽

改变不了被熏制的命运

只有最后一个跪拜

通往神灵

有没有多余的种子

有没有多余的种子
所有的道路都布满石子
石子下面的事物
向不同的地方流逝

那些干透的野草
只活了一个秋
他们是大地的舞者
体内保留的火种
封存在泥土里

一些种子学会了奔跑
穿过土地的深处
每到一处
便聚集一分力量

有了重量的风
变得异常凶猛
只有这样
才能将整个季节换上新装

今天　有人谈到雪

也许　雪根本就没有落下来
像一个人的中年一样　根本就没有来临
而所有的枝头　已经挂满了虚假的消息
有些甚至已经在路上
即将抵达人群

远方迟迟没有发来信号
等待的人变得脆弱
像中年人身体里的病灶
被有限地放大
成为一个虚构的伤疤

我们总是把自己置身于虚无里
奔跑在无雪的雪地里

夜宿县城

临时决定
在你居住的县城落脚
这场计划多年的相遇
显得有些仓促

还好欢喜多于紧张
总有一双眼睛
会接住经年的时光
折叠成鹤　一千只

骑马而来　背负的是今夜的肉身
我已在出发时　飞身下马
思念如箭

风是唯一的见证
它坐在江边的石栏上　一言不发
最后只说一句　冷暖自知

冬天里住着的女子
守着青梅　竹马
一生只和一个人相遇

十指相扣

雪落县城
对岸有人　站成了雪人

雪 夜

体内的篝火已经燃起

添柴的人　正在打盹

这枯枝败叶　这世间杂物

都是可燃之物

只等火引的到来

独行的人　按住鲜红的伤口

抓一把白的雪

擦洗自身

融成水的雪　成为证词

自证清白

总是碰到坚硬的石头

用来取暖的石头

被扔进灶膛

忽明忽暗的灯光

淅淅沥沥地落在路灯的周围

像我常年在外的弟兄　围坐取暖

他们紧握的双手里有火种

来自胸腔的温度

保存着多年未见的乡村
随身携带的悲欢

我就站在你面前
直到落地生根

一片正在下落的桃花

展纸提笔　点点淡墨
一脉山水卧中央
河水细流　扁舟孤寂
有知己过故人庄　热酒　小食　琵琶声
身后大雾锁秀峰　曲径　马蹄　桃花香

草屋挂白露
客与主人席地而坐　小饮
谈笑间　半盏青灯

小雨润宣纸
细风摇裙裾
女子面若桃花　掩面羞笑
一棵桃树深谙世事　不惊不乍
站在世间

雪

模仿飞翔

一动凡心　便化成了水

成片的水是一张铺开的纸

笔画散漫

标榜的圣洁　也会成为美学中的污点　擦拭不掉

看到雪　看到它的尖锐

它内心的纹理都可以得到具体的描述

它们讲事实　根据虚构的情节　和一些隐喻

这是水做的证词　总是不可固定　不能成为翻案的佐证

风的支持　不过是虚张声势　沉重的铁链

只是辅助工具　运用恰当　便是力量

石头垒起的路标　取暖的火源　远行的僧人

你所看到的肉体　沾满尘埃

握在手心的东西　被一一打开

回乡小住几日

身边的人依旧热情地和我招呼
那些生活了多年的老狗显得十分悠闲
懒得理会这个多年不曾回家的人
也不会像见到陌生人那样兴奋　狂吠不止

乡道经过几次改造
脾气变得越来越生硬
凹下去的部分　是岁月踩下去的脚印
和凸起的坟茔形成了对比

人造的树林看起来很整齐
其实有着难以理解的凌乱
鸟的叫声越来越少
在林子里撒野的孩童也越来越少
他们已经不屑在这里寻找快乐

窗外的群山从不张扬
日积月累地记录着过往
不会落下任何细节部分
自由呼吸在天地间

祖母　是一棵经历了无数风霜的老树

百年之后

依旧站在村口　遮风挡雨　指路明灯

路遇一列开往故乡的火车

站在高处
以为可以将故乡尽收眼底
我拥有的这些渴望　推着我往更高处
像季节拔高植被一样
然而我什么都没有看见

我只是站在了高处
故乡依旧在一个小山窝
并没有用长高来配合我的渴望
哪怕升起一节炊烟回应我
哪怕摇动一下狗尾巴草
没有　都没有

当我正要放低自己时
听见铁撞击铁的声响
灵魂敲打灵魂的声响
我看见一列火车像撞开黑暗一样
急速而来
朝故乡驶去

谜 底

"一枝尖尖、二枝团圆、三枝打把伞、四枝红艳艳、五
枝艳艳红……"

声音从童年传来　带着回音

无人应答　声音渐弱

回忆是一碗水豆腐　越陷越深

饥饿的年代　离不开佐料和辣椒

一些挂在屋檐下的风景

藏在角落里的秘密

被石磨碾碎的粗粮

小心翼翼的盐

调剂着所有苦难的日子

这祖母的谜语

再无谁知道谜底

冬 至

高温　早晚有风　有人中暑
对于不记得日历的我来说
日子过得似乎有点快

那些看起来卑微的人
其实都住在高贵的顶端
不善言辞　不露声色

脸色燃起熊熊之火的人
往往有一颗脆弱的心
用以区分他们的不可一世

鲜血从高处跌落
开成灿烂的花
被无数脚印践踏

风搬来预设的时间
和远方的沙子
以及内心的光

信 物

开阖之间　自有东西漏下
命运像书的一页　说翻过去就翻过去了
对多年之前的约定
只字不提

背向而行的人
隐入记忆
我们曾经都是路的一部分
是雨的一部分
是夜的一部分
是那被时光切割的一部分

手里握着的温度
像光阴一样漏下

接近一截往事

请原谅我久久地站在水边

打听你的幸福

影子旁边住着一言不发的身体

总有些虚幻的场景

不小心拐进了抒情的荒地

水面平静

午后的阳光直接射进现实

结局写在云上　风知道

我看到一场爱冷死在时间里

露出竹子一样的纠结

不要随意把自己关在真相里

低下头　承认错误

好好整理伤口　伤口上的血迹

和血迹以外的疼痛

四月 · 村

麻雀　在那次长时间的饥荒中集体死亡
只要一粒米就可以结束它们的饥饿
姥爷在山坡上　田埂上　路边上
找到了它们的尸首　全部土葬
姥爷说　它们是故意的

蛇　滑过翠绿的竹叶
靠近一只小鸟　这是白天
我一只脚踩在杨梅树的小枝上
听对面小路上是不是主人的脚步声
把一颗没有洗的杨梅扔进了夏天的嘴巴

阳光鞭打着蚊子包围的黄牛
山羊　以木桩为中心　画地为牢
不敢越雷池半步
背着烟袋从集市赶回的老人
时不时地用舌头舔了一下嘴边剩下的混沌味道

路弯弯　村子像臂弯里的故事
一直都在讲

五月 · 念

刚进夏天　　我就看见对面的窗台

它依旧用弱小的身躯抵挡着风雨和孤独

站着　　缩短视线　　没有人能阻挡我

把一个城市的背井离乡放在关外的一小部分里

端阳前夕　　一株长久居住在诗里的艾草

被拦腰截断　　用以驱赶粽子和咸鸭蛋的秘密

我知道你的理想　　我知道你的幻觉

和那些放在砧板上面随意砍剁的翅膀

可我挽救不了你　　就像当年没来得及拉住屈原沉江的手

楚国的风　　几千年都没有散去

我要站在南方的某处　　回一次家乡

粽叶已经成形　　糯米饱满　　浭水泛滥

准备一口铁锅　　一堆篝火　　一个涨雨的黄昏

鼓鼓地　　虚构一段偶遇　　衣冠楚楚的必然不是智者

对面的窗台　　他把端午挂在最显眼的地方

六月 · 远方

昨天的昨天　海边的风把夏天遗忘在了岸边

被拾贝壳的小女孩遇见

在她的眼里　我们都是迷路的孩子

远方　一直在招手

脚下　那些流动的风景已经证明了青春的存在

我总是寄予你太多

而生活的风雨一次又一次把我推向岸边

心　早就交给了波涛汹涌

我要赶在天黑之前找到一盏路灯

绕着这小小的光亮

读那个夹在指间的村庄

在这千里之外的路边

我记得是昨天才离开你的　我的村庄

为什么　离你越来越远

七月 · 白开水

我总是忍不住坐在七月里
看着远方　等待一件事的成熟
相信爱情的人　相信天会荒地会老
而时间已经将结局安排好
一转身　你还站在原地

梦　对于每个人来说　都是一次远行
而故乡　是远行中的星星
无论到哪里　都忽明忽暗地亮着
如果你想知道我的消息
请在天黑的晚上　闭上眼睛

我只做一个最先为你醒来的人
在七月的早晨
遇见美丽　善良　忠诚　爱
你是唯一带着粮食而来的女子

八月 · 遇见

像遇见所有陌生人一样遇见你
默默无语　我们以这棵树为界
各自走向自己的地点

我已经不记得你当时是怎样把树阴甩在背后
一个习惯了冷视旁边的人
他的脚步却渴望等待

沿途开始有落叶
那个没有耐心等待秋天的人
肯定离开故乡很久了

九月·青春

突然　心事多了起来
不是因为不再年轻

要一忍再忍
就像这个秋天来临一样

总是羡慕那长在水里的富贵竹
无须担心风雨　活得简单

站在田埂上的母亲

时隔多年　依然记得站在田埂上的母亲
看着脚下的作物　就像看着自己的孩子
用一种小心翼翼的姿势　走在生活之上
她对雨水和阳光是恭敬的　却不惧怕任何苦难
那些留在土地里一直捡不完的石头
就像留在她体内的结石　时不时地让人难受

整个季节她都要照顾这些作物
扶正那些倾斜的苗子
在靠山的地方收集雨水
赶走不远处偷食种谷的鸟
扛起锄头起早贪黑
我只是跟在后面　扬起一些尘埃

多年之后　母亲一直站在城市的边缘
无法习惯体内的伤痛　坚硬的道路　无辣的食物
甚至是那些没有炊烟的日子
为了孩子们　却一直水土不服地生活着

陪着我们在异乡
流浪

香 囊

你的体内住着冬天　骨头　泪花
路过的人　看一眼都是温暖的
在一个打结的地方
推迟了相遇的行程

当一场雪必然经过这里时
提着能发出淡香的日子
穿过一阵风　在雪地上划出一道硬伤
放下一些事情的发生
等春天的到来

我会在人群中
找到那失眠的花朵
看着所有的陶罐都破碎
把你挂在轮回里

花　园

狂欢夜　必须有青春在场

没有罗盘就到不了中心

而重逢总是在河边被一遍又一遍地刷洗

露出具体的日子

藏在幕后交换利益的匿名者

在梦里走完了整个围墙　并留下难以启齿的真相

若无其事地继续嬉戏

是谁弄馊了这顿中规中矩的晚餐

突然降临的女性　头插野鸡的尾毛

昏昏欲睡的人　关起门来撕下了贴皮的面具

预言各种各样可能出现的围观者

不一定要将结果告诉给原因

寸步不让的绿化带和警戒线　只需要送上香水和口红

譬如终年不响的闹钟　像极了过期的日子

畸形的栏杆　思想残缺的书本

已经宣判了阳光中用尽了的比喻

看到更多关于本体的描述

与其像蛇一样潜行　守着宝藏贫穷

还不如离弃这高贵的想象

忘记事物的胜负

打开门　拆掉围墙

帽 子

在环形的梦里　在虚构的文件夹里

总是有许多情节好像是安排了一样

一顶帽子　一颗红星　一个国王　一壶老酒

经历过这么多年　没有忘记额头上那个闪亮的夏天

流年还在啤酒里沸腾　鱿鱼丝的抽象里纠结

诗歌和生蚝都来自海洋　瓜子是唯一远航的船

没有痘痘的青春模仿不了黄昏的洒脱

暮色没有故事　只有一丝铁打的风搅乱了时局

两棵树站在酒吧的旁边　将阵地占有

时而高歌　时而把舌头伸进彼此的杯底

黑色的底片记录了昨夜

落日早早地摁掉了手指间的烟头　继续沉默

没有一面镜子能够容下你不老的容颜

只唱唯一的一首歌　做唯一被加冕的国王

就把灵魂放在红尘里高高地点燃

快马奔过昨天的废墟　檐角挑起的灯

点燃了布满伤口的肌肤　那些出生就带来的盔甲

替我战斗了前半生　后半生还将为我冲过飞短流长

可是这注定的卑微　像命运中的那双游离的眼睛

看得到远方　却已经无力跋涉

高高举起火把　背负耐心和危机

不用远行就抵达

不用怀疑手指上的血　羊肉串上的孜然

坚硬的钢丝　不约而同谈及的故乡

在觥筹交错中统统上路

老 屋

屋顶
瓦制的镜子
照着天空不老的容颜
老屋却一天天老去

屋檐低着头
默读着墙上晦涩的诗句
不觉间
累斜了身子

祖 母

我看见她摊开的双手
没有握住任何东西
此刻的祖母　是拒绝一切的
只需要安静就足够

在村里
她活得像一片不起眼的树叶
脉络清晰
不因为风动而动

她要走　没有风来送送她
只有一场白霜急急赶到
一片干枯的叶子着地了
在叶子的另一面
轻描淡写地画着她的一生

村　庄

河的两岸是野草　远处就是村庄

一颗石子击中背井离乡的人

一些人点起竹篾　一些人唤回外出的鸡鸭

牛羊自己把门关上了　没有过多的反抗

季节再一次爬上了树顶　盼出绿色的血

鸟的叫声变得稀疏

只有这两岸的野草面向更近的田埂

河的上游　石头是不愿远行的

水绕道而行

少年时站在高处

看不到山外的天空

顺流而下

没有得到回应的呐喊

已经在地里发芽

无数即将启程的远方都站在昨天的大雨里

谁曾预料　那些彩色的羽毛

都将还给翅膀　都将刻上与生俱来的光亮

废墟里埋着过去

重新回到夜色

孤

选择了独自行走

在路上　解开了上衣纽扣

让一个城市的夜　凹陷下去

她刚刚走出铁的笼

背影瘦弱

化妆包里的盐

随身携带的是产生伤口的疼痛

快要淡忘时

拿出一些涂抹在明显的位置

那些不愿提及的细节

像脱了水的叶子　发黄

只等一阵微弱的风

带走

拉开窗帘

褪去仅有的遮体之物

熄灭万家灯火

然后把你请进体内

野 火

企图把夜的浓度书写在野外的火焰里

围坐在乱石丛中的生灵

讨论着秋天的种种不是　和与生俱来的恐惧

白光闪过　摇篮声起

不必急于表达果实的跌落和情绪的关联

独立的山冈　带来了一场初雪

完美的肇事者总是铭记自己的出生地

收集证据和毫不相干的忧伤

一直在流浪的人啊

跨过陷阱　翻开金属盒子　突然感到寒冷

突然把带芽的花朵裸露在户外

突然用指甲划开生活之痒的脓包

可有可无的饰品　抬高了空架子的尊严

响亮的口号　又一次撞击了浑浊的瞳孔

赶夜路的老人　看见大把不思回报的野草

像我无数的兄弟散落在祖国各地

他们的内心一直处于燃烧的状态

他们的口袋里有星星　剧本　砂盐　磷粉

放弃空洞的喘息　钢质的残骸　梦的碎片

看看他们的蔓延不曾有半步退让

平静的河流已无水可取

酷刑也不能对每次的拷问奏效

讲真话的人随身带着钥匙

一间只有自己出入自如的小屋

透过窗口　翻过童年

时常看见不远的山坡冒着幽幽的野火

废　墟

八百米以下的城市　都是废墟

忙于礼拜的人们扶住即将倒塌的柱子

他们摘枝遮羞钻木取火

对一目十行的管理办法嗤之以鼻

被时代抛弃的岛屿种上花朵放养船只

把四季捏成一小撮面团　永世不得恢复原状

跳舞的小丑有健康的体魄和惊人的巫术

卖笑里藏着现实　还有一个重重的巴掌

香囊放下了身价和挑剔　被蝴蝶四处散落

在世间开垦一个路口和一小块自留地

都必须保持时刻清醒

站在马路中央最显眼的斑马线上

制定规则　再无情践踏

取胜的队伍戴着枷锁游街

潮流淹没了城市的头颅　在耳边宣判

号角一直在响　灵魂不安

抒情的季节搭上了顺风车　丢失理智

金属是生活的艺术品

人群消失在人群里

陈旧之物

封存火种　删除设计好的剧本

黑暗附于光亮的背面　泄露冬夜的秘密

暂且收起生锈的镰刀　昨天的馈赠

某些片段　变得更加抒情　转身而去

陈旧之物动用的心思　异常谨慎

偏僻的角落　总有回声响起

指向烈酒　烟火　银币　积雨云在密谋

一幅倒立的画作　卷起一座城池　马蹄四起

围剿所剩无几的光荣

只有骑士　摘掉帽子　逃出自己的身体

亲眼所见的远方被缩短　一只鸟掉进了自己的深渊

每个枝丫有巢　却又无家可归

手握地图　辽阔的边界　卷起毛边

千年不死的植物　自我燃烧　借机取暖

丰沛的雨水　倒灌进麦田　湿透天空

一棵从未移动的树　走进黄昏

浮华散尽　灯光熄灭

更多的石头　雕琢自己

窗 帘

窗帘　从一角开始燃烧

势不可当　街角躁动

众生指手画脚

碎裂的镜子　被各自照耀

看清他人唯一的方法就是看清自己

风　使劲地吹　蝴蝶起舞

路人尽量渲染他们未知的事物

在火焰的周围　贪婪显得畏手畏脚

伸手接过火焰中的一朵花　随即凋零

他们谈论的事物总是没有结果

像随手摘下的花瓣　丢在风中

树大招风　风中有苦涩的果子

果子丢弃在地　长出新芽

饥饿的作物　扶墙而起

那些可有可无的成果　被潦草地收割

旧疾复发　一尺清风盖过路面

窗口依旧向着黄昏　紧接着秋天

飘摇

迷途的蚂蚁

尘埃沿着杂乱的纹理游离
秘密通道　铺满平庸的野草
掩盖多年未愈的病句
等到天晴　独居的蚂蚁醒来
带着迟钝的表达　无力的幻想

抒情的年代　有过多失眠的虫子
蜷缩在自身的茧中
壁画中的人物　突然站立
突然走进人群　人群冷漠
他们都朝着森林深处走去

由远及近的背景里　分叉的道路
无限接近源头　石头嫁接的翅膀
羽翼丰满　终究抵达不了远方
风中赶路的人　抱紧自己的影子

送信的人　找不到地址
他们在月光下认领一个人的中年
和那些多余的单相思

黑暗中　有更多失眠的虫子
整齐地摆放在木质的盒子里

镜　子

长巷的尽头　摆放着镜子

重复着梦境中的悲喜

纯白的布匹上　散落着雨点

成为新鲜的证据

没有人诚心忏悔　又想着被救赎

使劲挥手的人　远离了站台

午夜的喇叭里　一个人的名字变得沙哑

一片叶子　一半在风中　一半写进了故事

大地上疲惫的黄昏

点亮了灯笼

微温的咖啡　拒绝了透明的容器

手心的笑容　消失在雨夜的街

穿过色彩斑斓的梦境

深夜里一次又一次把你叫醒

直到彼此走散

这片刻的欢愉　犹如一饮而尽的瓶底

恰到好处表达了醉意和拒绝

河 边

河边有很多孤独的事物

它们站立着　看自己的影子

不谈论两岸

饥饿的鱼　把鱼尾藏在水草里

光滑的石头

选择了低处的生活

水流不息　时光的碎片

拼凑成辽阔的河面

沿途火焰四起　更多的碎片散落

凋零的夏季　残留着独立的种子

流域已划定　河流不断改道

坚强的意志和泡沫

全部被拦截

加在天平一端的一滴水

改变了局势

狂 欢

夹在指间的烟蒂已经熄灭

狂欢紧挨着孤独

冰与火的较量　来不及对视　便归于沉寂

只有肉体依旧在寻找可以攀爬的长绳

一切被禁锢的

都轻而易举地交出了自己

影子　静默不语

蚂蚁蚕食着虚无的白云

一切照旧　一切又变得明亮起来

猫　忘记了自己的主人

习惯了各种喂养　也习惯了各种谄媚

它们美丽又忧伤

直到天亮　重归于各自的外表

醉生梦死　更多的人进入猫的领地

青春站在门口　着装各色

玻璃的光鲜　带着刺　带着微温的血液

潮湿的手印　击碎了虚掩的门

残渣　向四周涌去

她们要用怎样的努力　才能守住不值一提的身世
适应各种角色　成为平庸中的一员

她突然说起秋天

她突然说起秋天　天山以北的秋天

早早到来

像一条河流过早涂上忧愁的色彩

御风的马匹　在夜色边缘来回

从未抵达她的领地　只有辽阔的爱恋

铺满了远方的来信

整晚都在找寻的答案　过于隐秘

重新设置归期　重新把她压在信封的底部

从未责怪年少时的莽撞

雨季过于漫长

讲述的片段过于牵强

走走停停的心事　找不到正常的理由

双臂未伸开　月亮未升起

再过一个夜晚　是否还记得她的模样

山高水长啊　燕子南飞

给她一杯白开水

给她大雪纷飞的天山

清 明

烤烧酒的老人
凸起的脊梁已长满了野草
狗尾巴打扫石碑上的墓志铭
模糊了从此路过的眼睛
曾经悬挂在酒楼的酒幡
被长大的牧童做成了巨大的广告牌
杏花村的杏花闻不到酒味
集体凋零

年年清明
一把刈草的镰刀
抹在了残阳的脖子上
谁会再来打开杏花村的门
引来几声长短的鸡鸣狗吠
却不再管人间冷暖

站在水边

站在水边

阳光便落了下来

我们触手可及的草地　盆栽

变得言之有物

首先入画的是夏天　暖风　不羁的流水

凉亭有棱有角

生活却磨平了我们的棱角

穿过石板路　停下脚步

端坐　思考

人生便走向了更深处

在福海穿街走巷

这是一条最靠近生活的巷子
不止一次路过
像我不止一次打量自己的身体
这身后的晚霞　迈着碎步
靠近烟火　靠近人群
靠近缓慢的灵魂

不急于穿过沾满烟火味的巷子
弯曲的道路
让人走进陈旧的事物　打开生锈的锁扣
更加热爱生活

正如这路边的灯
也有它照不到的地方
适应了黑暗的眼睛
终将适应细雨的黄昏

在福海的巷子里
我们都凭着感觉行走　忘掉习惯
忘掉自己的来源和去向
重新构造对你的认识

在塘尾的旧时光

在塘尾　刚好遇见自己

紧挨着堤岸放逐

多年枯萎的藤费劲爬上了台阶

重新开启另一段生命 沿着自己的影子

混迹在人群

低头的行人　践踏着天空的馈赠

一片片的落叶

又被吹上高处

藤的触角伸向果实的内核

本身被分离

在一个叫塘尾的小地方　醉倒在荷边

开过的花　便有了名字

在一个叫塘尾的小地方　遇见一个小姑娘

迷了路

对　岸

铺开纸张　一团火正在燃烧

露出的半边脸　挂满了皱纹

岁月不肯离开的证据

都沁进了血液

最温暖的肌肤都藏匿着急速涌动的河流

岸的两侧　草甸编织成的绿席

露出摇动的牙齿　空洞的牙床

塞满了腐朽的蔓藤

缠绕着漩涡的命门

打捞浮草的人　望向更远处的墓地

墓地旁边的鲜花和墓碑上的名字

他们回到纸上的时间变得更长

再往前　便是素未谋面的祖先

渡口边祭祀的陶器

浮起刚落下的花瓣和略带余温的烟灰

老人显得更加佝偻

面向对岸

描画好了下一段路程

翻越一座山

像打开多年前的信件

总会忽略核心的语言

不疼不痒地绕过幻想时光

用另一种身份

复原沿途的痕迹

充沛的雨水里

赞美之词和鲜花同时坠落

一切来不及表达的

都活在了过去的信笺里

多年不见

每次回忆

都像经历过一次长途的跋涉

那些念念不忘

都成了沿途的障碍

很多人还没有见面

总是站在山顶

辨别四季

和你的容颜

无　题

不知道这场雨什么时候停

眼前无尽的平面　光滑到窒息

有节奏的响声　穿过平面的网孔

沉在底部

不动声色

花坛的雨水　混杂着根系的躁动

拥挤在狭促的空间

像针线穿过针孔

每一次敲击　都能得到回响

都能撩动底部的沉淀

改变事物原有的意愿

蠢蠢欲动

赞词雕刻在柔软的一面

这万物的咽喉　都掌握在对方手里

龟裂的双手　捧着半熟的果实

献给了大地

重回大浪

无须和过去告别
这一路的漂泊
和遇见的每一片草地
想象你也经过此地
那些虚构的场景
抛弃了以往的成见
在安静的夜晚
得到了光芒

这些年　细微的事物都被放大
比如一朵花　一个人
终究超出了想象的范畴
夜里　有人站在路口
涂改自己的过往
露出孤独的部分

熟悉而又陌生的一隅
至少动了多次念头
眼看尘埃四起
沉默的石块
将浮躁的力量按压在底

河流经过的地方

悄无声息

果　实

霜打过的纸张上

有带核的果实

有鸟飞过时留下的羽毛

风中一直咳嗽的人　把腰压得更低

站在一片空旷地

找一棵掉光叶子的树

凭空说一段想家的话

转身走进人群

根须变得沉默寡言

夜猫的叫声卷过深巷的闲言碎语

奔跑的年代

总喜欢把一部分人抛在身后

黑夜是一具巨大的灯盏

无心冒险的人合上了眼睛

更多的落叶一直下坠

只剩下果实站在风中

蝴　蝶

首先想到的是翅膀　比重过大
于是赞美便显得缥缈　至少高高在上
惊恐的花瓣　收拢彩色的心思
木桥经过的女子　面带桃花
相谈甚欢

转身　只见一蓑烟雨　一地落红
徐徐关上的窗　在听风
站在冰雪初融的灯光里
令你想起很多的人
你也被人惦记着

行动迟钝的迁徙者
在振翅中抖落金色的粉尘
无名的山头　黄昏　骑马而过
野花重新孤独起来
一场雪后
大地扬起最后的秘密

河 边

她走了很远

虽然已经多年未曾联系

依旧像个伐心者　夜夜收割

对于往事　每个人都没有过多的自信

所有的雕塑中　你是唯一不肯凝固的一尊

常在风中用绳子捆绑自己

那些看不见的倔强和凌乱的生活

那些木质的奖章刚好覆盖霉烂的伤口

不偏不倚　像是给错误留出了一个出口

忽明忽暗的烛光

拒绝了自身的温暖

越靠近　越接近死亡

像极了彼此的关系

这逆行的河流上　漂着失信的诺言

多雨的季节

河床隐匿

更多的诺言漂泊

写一首小情诗

少不了雪　来表达你的白
来盛下你的冷
来盖住给你写的信
来打开你的一言不发

置身麦田
抱紧自己　因为我松开了你
朝风经过的地方　喊你的名字
回声刺骨

2021 梦系列

一

盛开的火　燃烧自己的骨头
保持新鲜的表面
长出羽毛的石头
把半个身子埋在土里
深过皱纹的黄昏
只要一个标点
就结束了自己的使命

风中站起来的旗帜
绣上背井离乡
针眼里窥视的泥泞小道
变得尤其漫长和荒芜

站在村口的树　在离地三尺的地方
替自己缠上一圈
安放迎风劳作的老茧

背负故乡的人啊
尝的每口水都是凉的

二

河边发生的故事　船都知道
但是我不知道你要去北疆

雪越下越大
船已无法靠岸

河两岸　站着稻草人
一团火
回到原点　做一尾不善言辞的鱼
在你夜饮的地方　等一场咸味的雨

沉于河床的石块　偶有病痛
这透明的结局　早就写好
就像我们谈论的远方和诗歌

每次船经过
河岸便多了一个稻草人

三

多年前　你一路向北　直到北疆
为你种下的柿子树　落光了叶子

大雪纷飞啊

这冷若冰霜的人　从背影里盯着我

雪的信笺　写满了大地

没有关于你的一片消息

灯光下的小镇　爬上了封面

你站在十字转盘　随手放下一截相遇

这夜的晶莹和低温的问候　都变得多余

放逐就是放过自己

柿子树上的红柿子

是树的星星　是触手可及的孤独

是对你仅存的一点想象

直到春天盖住了整个世界

送你一匹马　送你一段前程

送你千山万水　送你遥遥无期

四

潮水般的风　涌向叶的边缘

以叶的形状　被接纳的词语

都将卷起虚无的毛边

错乱的纹理　游走在变形的容器

沙漏已无沙可漏

悬浮的脚印

依旧支撑着赤裸的胴体

在逼仄的空间

留下一扇黑色的窗口

不断有声音　由远及近

掉落在地的沙子重新回到了沙漏

从此　每晚都能听见

有人在打磨自己的肋骨

五

太多粉饰的东西　充斥着单一的墙面

斜靠的影子　拉长了初愈的伤口

黑暗中

紧靠湖面的岸堤　百鸟低飞

站在高枝的

看见彩色的蝴蝶　明争暗抢

弱肉强食

排列在杂草中的　发出诡异的光

闪电撕裂了一道鲜艳的口子

一棵掉光叶子的梧桐

低垂着　迷恋脚下如盘的过往

附近的阳台　伸出枯萎的干草和丝瓜藤

朝天空摆放的陶器

盛满了雨水

背对着我的女孩

去了北疆

六

劈柴声中

风的低吼　震落了叶边的尘

一切动作都变得缓慢

光秃的枝丫上陈列着风干的鱼肉

像游在森林的云

瓶嘴透出陈年的酱香

和熊熊的火焰

每个暴露在外的伤口

都是被精心处理过的细节

风越来越重　人群越来越稀疏

大地开始擦拭自己　企图翻白曾经

在田埂和山坡的边缘

有缝隙的地方
都被强行塞满了种子

没有人看见一个普通的人
在大地上弯下了腰

七

万物悬浮　整座山都向前移动
装满鸡蛋的器皿　四周涂鸦着冬日的暗语
桌边空无一人　雨水滴答
蜡烛照亮自己的范围
伸手见五指　五指向夜
夜蜷于壳

不见提灯的人
雪　退后一步
退一步就到了北疆
大喜大悲的人　拾级而上

八

前面一个人　两个人　一群人
他们步调跟我一样

走近时　却发现没有人

反手抱住自己

防止自己逃离

不能站在原地太久

风经常从一个方向吹来

他们开口说着没有声音的话

分不清左右

把一些庞大的事物放在卑微的影子里

常常听不到自己的回声

就像那些石沉大海的书信

他们让我感到焦虑

大雪要融化了　你还不来

九

静坐

没有堵住的缺口　液体在流动

大有喷张之势

薄如蝉翼的纸　糊住生铁的尖芒

再写几个字　就固若金汤了

花坛漫出的红色

混杂在一场雪的假象里

像极了翻看多年之前的画册

一半明媚　一半忧伤

梦呓沿着枯藤向上

到书架的边缘　戛然而止

像某种东西相生相克

也像当初看你的模样

尝过北疆来的葡萄

每个字都是苦的

十

好久不见

我们忘记多少记忆　就会捡起多少慌乱的下午

一厢情愿都被篡改

视线被扭曲　只见一袭白衣

染上了红色

再也擦不掉

十一

一扇窗　一眼望去

便是不再回头的荒野

秋天展示出所有的收成

总有人两手空空

再往前　是野草平齐的空地

隐藏了不为人知的秘密

底下暗流涌动

没有记忆的鱼

来回穿梭

似乎知道很多真相

大树根部　平白出现一些陶罐

盛满雨水　水　一直在滴

悄无声息

像一个人的内心

波澜不惊

群鸟停留在枯枝

雪落在群鸟的羽翼

诗歌中的厚重之锤

——读袁叙田的诗

唐陈鹏

新世纪以来，"80后"诗人的崛起已成为中国诗坛极为重要的文学现象，中国诗坛也因此进入了新的发展期。正如冯雷在《"80后"诗歌：在成人与成熟之间》（《诗刊》2013年11月号）一文中所说的那样，"80后"诗歌中大多有"'暮气沉沉'的诗歌想象""同隐晦和禁忌做游戏"等特征，即便大潮滚滚，仍然佳作不多。但是，这并不是所有"80后"诗人的绝对共性。一些暂时没有被诗坛高度注意的"80后"诗人的诗作中正透显着与众不同的诗歌气质。而来自湘西南古老梅山地区的袁叙田即是这一类"80后"诗人中即将闪现的一颗明星。

袁叙田的诗歌，总有一种稳健厚实的气质，他的诗歌语言，是朴拙刚硬的；他的诗歌意象，往往取于现实而浸润着深意。他总是着眼于自己当前的生活，剖析着平凡生活中的苦涩与甜蜜、无奈与怅惘。他胸怀炙热的悲悯情怀，对周遭人物的命运有着高度的关切。这一切，都有机地熔铸成了他厚实稳健、含蓄深邃的诗歌风格，就像一把充满"钝力"的锤子，在不经意中予读者以重重一击，令人难以忘怀。

袁叙田的诗歌中的"钝"力首先表现在他的乡土情怀上。袁叙田诗歌中的乡土情怀十分浓重。他生长于湘西南山区，这里是古老梅山文化的核心地区。梅山文化是一种原始的耕猎文化，在其宗教信仰中对土地特别重视。袁叙田自小接受着梅山文化的熏陶，对乡村、大地有着深刻的感情。在他的诗歌中，这种深刻的情感表现为对土地的崇拜，对乡村的眷恋。尤其是当作者离别故土，来到珠江流域的南国谋生时，这种情感便愈演愈烈，最终喷涌成他诗歌世界的一条主旋律。

故乡的风景在他的诗歌中呈现为一个个活灵活现的意象，为他的作品带来了独特的阅读魅力。如《草垛》一诗：

在乡村的秘密里
只有草垛一年四季都守口如瓶
雨雪风霜都不能让她开口
只有老牛的反刍才会啃噬到她的温暖

草垛没有家
下雨就用雨水清洗自己的烦恼
下雪就用雪花盖住自己的寒冷
只有我能发现她那凌乱的语言
一句紧贴一句
记录着这个冬天的人来人往

柔软的草尖
可以挑起任何一个人的
乡愁

草垛是乡村特有的景象，在诗人眼中，草垛是乡村秘密的坚守者，它用身体抵御着风雪，记录着乡村的"人来人往"。草垛是乡村的标志，是旅居在外的游子的温暖记忆的承载物。草垛柔软的草尖，恰恰深入到游子的心间，挑起他们那比水更柔、更密的乡愁。全诗温情脉脉，节奏沉重舒缓，浓浓乡情沁人心脾。

亲人是诗人满腔柔情的接受者。在袁叙田的诗歌中，就有大量描写亲人的篇章。他从不单单寄托怀念，而同时表达着对人物命运的高度关切与深刻思考。如《祖母》一诗：

和三月一同而来的雨水
桃花 以及漫山遍野的杂草
都集中在故乡的坡上
让人想起那个曾经在这里劳作的老人

炊烟像一个人的生命轨迹
弯曲 没有定向
活着 拼命燃烧的人
死后 是不是会离天堂最近
她在大苦大难中都熬了过来
却敌不过附在骨头上的那一点点伤痛

我赤脚着地
随时都可以碰触到冰冷的悲伤
细小的溪流经过村庄

在本诗中，作者回顾了祖母对抗苦难的一生，表达了对祖母的深深怀念。但他的感情却含蓄内敛，藏得很深，如同一条地下河，静静溢流。

袁叙田诗歌中的"钝"力也表现在他的语言上。他的诗歌语言，总是甘于朴拙，从不刻意捧出狂语、酷语、病语、锐语以惊人耳目，在自然中臻于精致，虽深得锤炼之道却无丝毫凿痕。如《立冬》一诗：

伸出去的手 接不住落叶
时光亦是如此
反倒是忽明忽暗的路灯

把风里那些记起的或没有记起的秘密

捧在手里　重温了一遍

再次潜回老村

和龅牙的野板栗谈谈一年的收成

而一直甜着我童年的那棵老枣树

居然过早地披上了冬装

懒得跟我讲过去的事情

只有奶奶　会一如既往地热着饭菜

拉开门闩　坐在灶屋里等我回家

拿着鞋样　让如线的时光在指缝穿梭

全诗语言流畅洁净，看似无惊人之处，但细读过后，又不得不惊讶于作者遣词造句的能力，隐喻、拟人、象征等多种修辞手法熟练使用，语感安谧静雅，如秋水澄镜。

而《寓言》这首诗，则体现了袁叙田诗歌语言闪着刃光的一面：

怀疑这平静的湖面

讲述那流水也无法修正的历史

隔岸观火的叛徒　撕碎了信件

无数的屋顶就有无数的观望着

梦游的人放弃了在现场辩护的权利

习惯了服从

换取那一生都不需要撕咬的腐肉

暗夜装下全部的阴谋　继续扩张的眼睛

看到山尖上的落日正向一只怀孕的母豹靠拢

越来越大的雨推迟了结局的来临

神已不存在　　每一个人都有可能成为凶手
在谎言里醉生梦死
谁会在寓言里一遍遍死去　　一遍遍复活

袁叙田诗歌中的"钝"力还表现在他的诗歌思想上。袁叙田是一位批判意识和悲悯情怀都较浓的诗人。他直接关注底层人的生活，书写来自泥土表层的悲欢离合，表现出对普通大众生活与命运的关怀。如《废墟》一诗：

八百米以下的城市　　都是废墟
忙于礼拜的人们扶住即将倒塌的柱子
他们摘枝遮羞　　钻木取火
对一目十行的管理办法嗤之以鼻
被时代抛弃的岛屿　　种上花朵　放养船只
把四季捏成一小撮面团　　永世不得恢复原状
跳舞的小丑有健康的体魄和惊人的巫术
卖笑里藏着现实　　还有一个重重的巴掌
香囊放下了身价和挑剔　　被蝴蝶四处散落
在世间开垦一个路口和一小块自留地
都必须保持时刻清醒
站在马路中央最显眼的斑马线上
制定规则　　再无情践踏
取胜的队伍戴着枷锁游街
潮流淹没了城市的头颅　　在耳边宣判
号角一直在响　　灵魂不安
抒情的季节搭上了顺风车　　丢失理智

金属是生活的艺术品

人群消失在人群里

　　"文章合为时而著，诗歌合为事而作"，从乡村来到城市的诗人为了谋生必然要忍受一切的不适应。诗人的内心忍受着来自着光怪陆离的社会的"重重的巴掌"，幻想着"在世间开垦一个路口和一小块自留地"。在被"潮流淹没了的城市的头颅"的喧扰下，诗人骤然意识到"金属是生活的艺术品，人群消失在人群里"，表达着对城市生活的遗憾。诗歌的批判并不尖锐暴躁，而是将拳头裹上一层手套，而击出的重拳却不亚于裸露的铁锤。

　　此外，诗人还时刻关注着乡村的现状，并为乡村在"城镇化"进程中的尴尬处境而暗暗忧心。如《老屋》一诗：

屋顶

瓦制的镜子

照着天空不老的容颜

老屋却一天天老去

屋檐低着头

默读着墙上晦涩的诗句

不觉间

累斜了身子

　　寥寥数语，素描出一座颓废的老屋。老屋经历风霜，是乡村的固有符号，是儿时记忆的承载地。老屋的衰败，喻示着当今乡村的衰落。其中滋味，简直"愁斜了身心"。

　　总之，袁叙田是"80 后"诗人中保持冷静的一位。或许有人会说他过于传统，没有"80后"固有的先锋姿态。但他的冷静正造就了他诗歌中隐藏在深处的爆破力量。读他的诗歌，你会见到那一把高高扬起的锤子，看似平常无比，但它随时可能发力，直对着你的心门，击毁任何不属于诗歌的多余情愫。

唐陈鹏，1994年生于湖南邵阳，湖南省作家协会会员，毛泽东文学院第15期中青年作家班学员，湖南大学博士研究生在读。有文学作品发表于《诗刊》《星星诗刊》《湖南文学》《中华读书报》等报刊。